Le secret de Morgana

Novélisation : Sophie Marvaud
Hachette Livre, 43, quai de Grenelle, 75015 Paris.

Winx Club

Le secret de Morgana

hachette
JEUNESSE

Bloom

C'est moi, Bloom, qui te raconte les aventures des Winx. À l'université d'Alféa où j'ai été élève, j'ai découvert peu à peu ma véritable identité. Je suis la fille du roi et de la reine de la planète Domino, qui a été détruite par les Sorcières Ancestrales. C'est ma sœur aînée, la nymphe Daphnée, qui m'a sauvée. Elle a trouvé sur Terre des parents adoptifs aimants à qui me confier. Aujourd'hui, je possède le formidable pouvoir de la flamme du dragon. Alors je suis en première ligne pour défendre la dimension magique et ses différentes planètes. Heureusement que je peux compter sur mes amies fidèles et solidaires : les Winx !

Belle, mon mini-animal, est un agneau magique. Adorable, non ?

Kiko est mon lapin apprivoisé. Il n'a aucun pouvoir magique et pourtant, je l'adore.

Stella

Originaire de la planète Solaria, la fée de la lune et du soleil a une très grande confiance en elle. Un peu trop, parfois ! Heureusement qu'elle est aussi vive que drôle.

Ginger, son mini-animal, est un chiot magique.

Flora

Fée de la nature, douce et généreuse, elle est à l'écoute des plantes et elle sait leur parler. Cela nous sort de nombreux mauvais pas !

Coco, son mini-animal, est un chaton magique.

Tecna

Directe et droite, elle est d'une grande débrouillardise. Normal, elle est la fée des sciences et des inventions. Elle maîtrise toutes les technologies, auxquelles elle ajoute un zeste de magie.

Chicko, son mini-animal, est un poussin magique.

Musa

Orpheline, la fée de la musique est très sensible et pleine d'imagination. Face au danger, sa musique devient souvent une arme !

Pepe, son mini-animal, est un ourson magique.

Layla

Venue de la planète Andros, la fée des sports est particulièrement courageuse. Elle est très rapide et n'a vraiment peur de rien !

Milly, son mini-animal, est un lapin magique.

Roxy

Elle vit sur Terre. Nous ne la connaissons pas très bien, mais j'ai l'impression qu'elle a quelque chose de magique en elle…

Mme Faragonda

L'université des fées est dirigée par l'adorable Mme Faragonda.

Au royaume de Magix, un lieu hors du temps et de l'espace, la magie est quelque chose de normal. En plus d'Alféa, il y a la Fontaine Rouge, l'école des Spécialistes. Sans eux, la vie serait beaucoup moins intéressante…

Prince Sky

Droit et honnête, l'héritier du royaume d'Éraklyon sait mieux que personne recréer un esprit d'équipe chez les garçons. Son amour me donne confiance et m'aide à triompher des pires obstacles.

Brandon

Il est aussi charmant que dynamique et spontané. Pas étonnant que Stella craque pour lui.

Riven

Il apprend à maîtriser son impulsivité et son orgueil. Il voit beaucoup moins la vie en noir depuis que Musa s'intéresse à lui.

Timmy

Un jeune homme astucieux qui se passionne pour la technique.
Avec Tecna, forcément, ils se comprennent au quart de tour.

Hélia

Un artiste plein de sensibilité. Flora n'en revient pas, qu'un garçon pareil puisse exister.

Nabu

Il vient de la même planète que Layla, Andros. Ils ont eu du mal à se comprendre, au début, mais maintenant, ils sont inséparables.

Convoité par les forces du mal,
Magix est le lieu d'affrontements terribles.
Les quatre sorciers du Cercle Noir
menacent la Dimension Magique...
et la Terre !

Ogron

Il est le chef du Cercle Noir. C'est un sorcier tout-puissant, dangereux et cruel. Il hait les Winx.

Anagan

Ce prédateur ne rêve que de pouvoirs et de richesse.

Duman

Il peut se transformer en animal féroce à n'importe quel moment.

Gantlos

C'est un chasseur de fée qui aime détruire tout ce qui l'entoure.

Résumé des épisodes précédents

En protégeant les sorciers du Cercle Noir, nous avons attiré la colère des autres fées de la Terre. Elles nous ont emprisonnées dans le labyrinthe de glace. Et j'ai dû me battre en duel contre Nebula. Victorieuse, j'ai obtenu notre libération.

C'est alors qu'à notre grande surprise, la reine Morgana a promis à Roxy de renoncer à sa vengeance contre les Terriens…

Chapitre 1

Le sortilège Noir

Les fées éthérées volent à notre rencontre. Elles nous félicitent d'avoir si bien utilisé les pouvoirs de Sophix et de Lovix.

— Aujourd'hui, les Winx, nous vous offrons un dernier cadeau, dit la première.

— Le plus puissant et le plus compliqué à utiliser, précise la deuxième.

La troisième nous tend une sorte de boule de cristal noir, où brillent des éclairs.

— Le sortilège Noir.

Je les interroge :

— Pourquoi est-il si compliqué à utiliser ?

— Il permet de sauver un être de la mort. Mais un seul, même si plusieurs sont en danger.

Je suis surprise. Notre prochaine mission ne me paraît pas si dangereuse que ça… Nous devons simplement aller chercher les sorciers du Cercle Noir chez la fée Sybilla pour les conduire sur l'île de Tir Nan Og. C'est là que va se dérouler leur procès. Ensuite, la soif de vengeance des fées sera apaisée.

Alors, quelle mauvaise surprise nous attend ?

De retour à Gardenia, nous allons au bar de la plage dans l'espoir de nous détendre. Mais nous ne parvenons pas à oublier la menace qui pèse sur nous.

— Vous en faites une drôle de tête, les filles, remarque Riven.

— Qu'est-ce qui vous arrive ? demande Brandon.

Stella hausse les épaules.

— Oh rien ! Nous nous sommes juste battues contre des monstres de glace. Et puis nous avons sauvé la Terre. La routine, quoi.

Notre petit groupe éclate de rire. Mais Layla ne réussit pas à oublier son inquiétude. Même quand Nabu la serre amoureusement contre lui.

— L'un d'entre nous serait-il en danger de mort ?

— Personne ne connaît l'avenir, Layla.

— Tu n'as jamais peur de ce qui pourrait nous arriver ?

— Ça ne sert à rien d'y penser. Et quand je suis avec toi, je n'ai peur de rien.

Son écoute et sa tendresse

finissent par rendre le sourire à notre amie.

— Oh, Nabu ! J'espère qu'après le procès des sorciers, nous aurons enfin une vie paisible et heureuse.

Le lendemain, après avoir confié nos animaux magiques à Kiko, nous demandons aux Spécialistes s'ils veulent bien nous accompagner. Ils sont ravis.

— On se sent moins inutiles que d'habitude ! s'exclame Riven.

— Oh ! Votre aide est toujours importante pour nous, proteste Musa.

— Mais oui, c'était une blague…

Nous, les Winx, déployons nos ailes. Les Spécialistes attrapent leurs mini-soucoupes volantes. Ensemble, nous volons jusqu'aux montagnes d'Italie où se cache la grotte de Sybilla.

Nous sommes très bien accueillis par la charmante et généreuse fée de la Justice. À sa demande, les fées rustiques vont chercher les sorciers dans leur prison.

Dès son arrivée, Ogron contemple avec mépris les Spécialistes :

— Vous n'avez aucune confiance en nous, les Winx. Vous êtes venues avec du renfort.

— Nous sommes juste prudentes, dis-je. Ce sont les fées qui vous jugeront. Elles nous diront si vos regrets sont sincères.

Incapable de marcher, Duman est porté par Gantlos. Le sorcier paraît gravement malade. Il ne cesse de gémir.

— Les fées n'ont pas été capables de le guérir, explique Gantlos.

Méfiante, Tecna examine

Duman avec son ordinateur magique.

— Il semble aller très mal, en effet. Je crois qu'il n'est pas capable de voyager jusqu'à Tir Nan Og.

— Ramenons-le à Gardenia,

suggère Nabu. Le trajet est beaucoup plus court. Là-bas, je le soignerai grâce à mes pouvoirs de guérisseur.

— Nous t'accompagnons, Nabu, propose Sky. On ne peut pas te laisser seul avec le sorcier. Et si sa maladie était un piège ?

Chapitre 2

Ce que Bloom ne sait pas

À Gardenia, chez les Spécialistes, Duman est maintenant allongé sur un lit. Le sorcier a une forte fièvre. Dans son sommeil, il délire :

— L'anneau aussi noir que la

nuit… Il ouvre la porte de l'abîme…

Nabu plante son sceptre magique devant Duman et prononce quelques formules. Il utilise ses pouvoirs pour chercher un remède à cette étrange maladie.

Sous l'influence des forces magiques, Duman se transforme en loup, puis en corbeau géant, puis en cobra…

Surpris, Nabu réfléchit à voix haute :

— Les transformations sont de plus en plus fréquentes. On dirait que Duman récupère peu à peu ses pouvoirs, sans réussir à les maîtriser…

Le sorcier s'agite encore. Heureusement que Timmy lui tient les jambes et Riven les épaules !

— J'ai trouvé ! s'écrie Nabu.

Il concentre le pouvoir de son sceptre sur le cœur de Duman. Ça marche…

Et même un peu trop bien ! D'un seul coup, le sorcier retrouve la santé, ainsi qu'une apparence monstrueuse et tous ses pouvoirs magiques. Le choc est si violent que les Spécialistes sont rejetés en arrière.

D'un coup de poing, Duman assomme Nabu. Il le saisit dans ses serres d'aigle. Puis il s'envole par la fenêtre grâce à ses ailes de chauve-souris.

Sky, Hélia, Riven, Brandon

sautent sur leurs mini-soucoupes volantes pour le suivre.

Après une folle course-poursuite dans les airs, tous se retrouvent dans le parc de Gardenia. Nabu, qui a repris des

forces, réussit à s'échapper des griffes de Duman.

Mais celui-ci met les Spécialistes au défi de le rattraper. Il ne cesse de ricaner. Quand les Spécialistes l'interrogent, il ne peut retenir sa langue.

— Dans quelques heures, la Terre nous appartiendra !

— Que veux-tu dire ? demande Nabu.

— Dès que Morgana touchera l'anneau noir, le malheur s'abattra sur les fées de la Terre.

— La remise de l'anneau sert à prouver la bonne volonté d'Ogron, lui rappelle Hélia.

Duman ricane de plus belle.

— Les promesses d'Ogron n'ont aucune importance !

Comprenant qu'il dit vrai, les Spécialistes commencent à paniquer :

— Il faut prévenir les Winx !

Un terrible combat s'engage alors entre le sorcier et les Spécialistes. Jamais Duman n'a eu de pouvoirs aussi puissants !

Les Spécialistes finissent pourtant par le cerner. Et Nabu

peut concentrer sur lui toute la magie de son sceptre. Duman résiste…

Mais il disparaît dans un cercle de feu ! Sky, Hélia, Brandon, Riven et Timmy sont très impressionnés.

— Eh bien, Nabu, j'espère qu'on ne sera jamais fâchés, tous les deux, dit Brandon en riant.

— C'est une magnifique victoire, renchérit Sky. Nous sommes définitivement débarrassés de ce sorcier. Maintenant, dépêchons-nous d'aller sur l'île de Tir Nan Og ! Il faut empêcher la catastrophe !

Chapitre 3

Le procès des sorciers

Après un voyage sans histoire, mes amies et moi arrivons sur l'île de Tir Nan Og avec Ogron, Anagan et Gantlos.

C'est la magie de l'anneau noir qui me permet d'ouvrir la porte du royaume des fées.

Je rends ensuite l'anneau à Ogron, car il doit le remettre lui-même à Morgana en signe de soumission.

Un groupe de corbeaux noirs se jette sur nous. Roxy intervient en leur parlant avec fermeté :

— Ça suffit, les corbeaux ! Je vous ordonne de nous laisser tranquilles.

Ils lui obéissent. Nebula et d'autres fées viennent alors nous chercher. Elles sont chargées de nous accompagner auprès de Morgana.

— Excusez les corbeaux, dit Nebula avec ironie. Ils se

souviennent des méfaits des sorciers. Et contrairement aux fées, ils ne savent pas pardonner.

La fée guerrière ne cache pas qu'elle trouve ce procès inutile. Elle aurait préféré supprimer tout de suite les sorciers.

Le procès se déroule en plein air, dans un vaste cercle de rochers. Tout autour de nous, se trouve le royaume des fées, autrefois magnifique, mais dévasté par Ogron et ses compagnons.

Nous sommes accueillis par la reine Morgana, assise sur son trône de pierre. Le jugement peut commencer.

— Ogron, Anagan, Gantlos, vous avez accepté d'être jugés par les fées de la Terre. Avez-vous quelque chose à déclarer avant qu'on examine vos actes ?

Ogron s'incline devant elle.

— Reine des fées, nous regrettons d'avoir fait tant de mal. Nous vous prions d'accepter ce que nous avons de plus puissant : notre anneau noir.

Nebula présente à Morgana le coffret d'or dans lequel Ogron a déposé l'anneau. La reine des fées tend la main vers lui, le saisit et l'enfile sur son doigt.

Ogron éclate alors d'un grand rire méchant.

— Vous pensiez qu'on allait se rendre si facilement ? Mais les sorciers n'ont jamais de regrets, sachez-le !

Au même moment, les pouvoirs magiques de Morgana sont absorbés par l'anneau maléfique. Nebula réagit aussitôt :

— Fées guerrières, à l'attaque !

Mais grâce à l'anneau, les sorciers ont récupéré tous leurs pouvoirs. Ils se défendent sans difficulté. C'est alors que les Spécialistes surgissent, leurs armes à la main.

— Attention, les Winx ! Méfiez-vous d'Ogron !

C'est trop tard, hélas... Pendant ce temps, l'anneau noir roule à terre et se transforme en gouffre. Une tornade de plus en plus puissante attire tous ceux qui s'en approchent.

Plusieurs fées tombent dans

le gouffre, nourrissant la tornade maléfique.

— Éloignez-vous ! crie Tecna aux fées de la Terre. Jamais personne n'est revenu de ces abîmes noirs !

De mon côté, je me précipite pour m'occuper de Morgana, qui s'est évanouie. Je la confie à Roxy :

— Va la mettre à l'abri.

Puis je me dépêche de rejoindre mes amis, Winx et Spécialistes. Chacun avec ses pouvoirs sauve de nombreuses fées en les écartant de la tornade noire. Sans cesser de lutter contre les sorciers.

— Attendez, dit soudain Nabu. Seul un objet peut lutter contre une chose inanimée. J'espère que la lumière de mon sceptre est plus puissante que les ténèbres du gouffre…

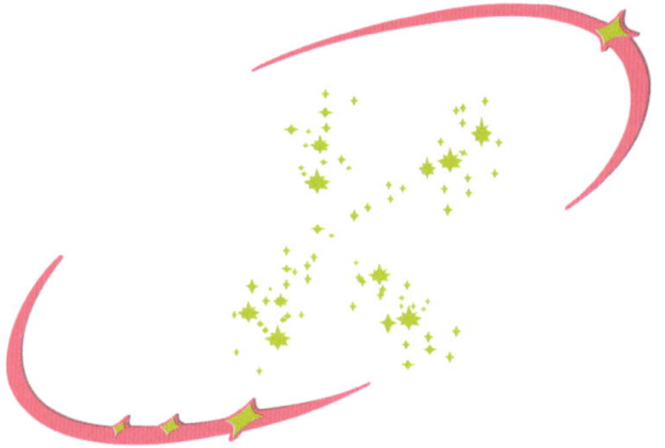

Chapitre 4

Le sacrifice de Nabu

Très concentré sur ses pouvoirs de lumière, Nabu s'approche du gouffre noir. Effrayée, Layla veut le retenir. Mais il la repousse avec détermination.

— Laisse-moi, Layla, c'est notre seule chance !

Au bord du gouffre, Nabu fait jaillir de son sceptre une tornade de lumière d'une puissance incroyable.

— Cercle Noir, je te mets au défi d'affronter mon pouvoir !

Comme si elle lui répondait, la tornade des ténèbres se met à lutter férocement contre la tornade de lumière.

Brusquement, les deux tornades s'annulent l'une l'autre ! Le gouffre noir disparaît.

Mais Nabu s'effondre, à bout de forces. Layla se précipite pour le prendre dans ses bras.

— Layla, murmure Nabu, est-ce que j'ai réussi ?

Des larmes coulent sur les joues de la fée, qui répond avec courage :

— Tu as réussi, mon amour.

Nabu a un faible sourire. Il a

le plus grand mal à garder les yeux ouverts. Soudain, Layla comprend que son amoureux est en train de perdre la vie.

— Je t'en prie, Nabu, reste avec moi ! s'écrie-t-elle. Ne me laisse pas !

— Je serai avec toi partout où tu iras, dans n'importe quel monde.

Il lui sourit une dernière fois avec amour. Puis il ferme les yeux et ne bouge plus.

Layla se met à sangloter. Winx

et Spécialistes se jettent dans les bras les uns des autres en pleurant.

Il nous reste pourtant un espoir ! Je m'écrie :

— Le dernier cadeau des fées éthérées, le sortilège Noir ! Tu te souviens, Layla ? C'est maintenant qu'il faut l'utiliser !

Notre amie prononce alors la formule magique. Le sortilège Noir apparaît en descendant doucement des nuages.

Aveuglée par les larmes, Layla ne le saisit pas à temps. Ogron est plus rapide qu'elle ! Il fait exprès de laisser tomber le sortilège sur une fleur fanée qui se trouve à ses pieds.

Celle-ci refleurit. Hélas ! Les fées éthérées nous ont prévenues : le sortilège Noir ne peut agir qu'une seule fois... Il ne peut donc plus sauver Nabu.

Winx et Spécialistes, nous sommes tous pétrifiés. Les sorciers en profitent pour s'échapper. Désespérée, Layla fait pleuvoir des pétales de fleurs sur le corps de Nabu. Quel cauchemar !

Pendant ce temps, les fées de la Terre pleurent les guerrières qui sont tombées dans le gouffre. Furieuse, Nebula interpelle la reine Morgana :

— Tout ça, c'est votre faute ! Si vous aviez anéanti ces sorciers, au lieu de vouloir les juger équitablement... Nous n'aurions pas vécu ces catastrophes.

Morgana tente de l'interrompre, mais Nebula s'adresse maintenant aux autres fées de la Terre :

— Nous avons besoin d'une reine forte et déterminée ! D'une vraie guerrière qui sait défendre les fées.

Les fées de la Terre commencent à discuter entre elles à voix basse. Nebula se tourne vers Layla.

— Viens te battre avec nous contre les sorciers ! Tu dois venger Nabu.

Notre amie serre les poings. Son chagrin s'est transformé en rage.

— Je viens !

Je tente de la retenir.

— Ne fais pas ça, Layla !

— Désolée, Bloom. Je ne serai tranquille que lorsque je me serai vengée. Venez, vous aussi ! Nabu était votre ami à vous tous.

— Je suis sûr que Nabu n'aurait pas voulu qu'on le venge, proteste Riven.

Je l'approuve.

— La vengeance ajoute du malheur au malheur, Layla.

— Si c'est ce que tu penses, Bloom, nous n'avons plus rien à nous dire.

Elle me lance un regard d'une dureté incroyable. Puis elle nous tourne le dos et elle s'éloigne en compagnie de Nebula.

Chapitre 5

Ce que Bloom ne sait pas

Dans une salle du palais des fées de la Terre, Layla s'entraîne à lutter contre les monstres. Nebula la félicite :

— Ta colère te rend encore plus puissante ! Bientôt, les

humains apprendront à se méfier d'une fée en colère.

— Attention, Nebula. Je n'ai aucune haine contre les humains. Je veux seulement me venger des sorciers du Cercle Noir. Et spécialement d'Ogron !

— Ton souhait va bientôt s'exaucer. Mes fées éclaireuses ont retrouvé la trace des sorciers. Ils se cachent dans le labyrinthe de la dimension Oméga. Nous allons pouvoir lancer notre expédition punitive.

— Morgana est d'accord ?

— Aucune importance. Dans

une heure, les fées de la Terre auront une autre reine.

En effet, parmi les fées, l'interrogation fait place peu à peu à la certitude : Morgana n'a pas su les protéger de leurs ennemis. Il leur faut une reine plus combative.

Les fées guerrières se rassemblent. Elles commencent à prendre d'assaut le donjon.

Morgana se trouve dans sa chambre, la salle la plus haute du donjon. Elle vient de réaliser que son miroir ne reflétait plus son image. Un phénomène magique très inquiétant...

Chapitre 6

Une nouvelle ennemie

Sky et moi sommes assis sur le sable, devant l'océan qui entoure l'île de Tir Nan Og.

— Oh, Sky, dis-je tristement. Nous nous sommes battus contre toutes sortes de monstres et de sorciers. Mais jamais je n'aurais pensé qu'un de nos amis pourrait être tué.

— Surtout Nabu !

— Ils avaient tant de projets, Layla et lui.

Sky me serre contre lui pour me réconforter. Ensemble, nous versons quelques larmes. Et nous évoquons nos souvenirs des amoureux d'Andros…

Épuisée par toutes ces émotions, Roxy s'était endormie près de nous sur la plage. Elle se réveille en sursaut.

— Morgana est en danger !

— Calme-toi, lui dit Musa. Tu as fait un cauchemar, c'est tout.

— Morgana est en sécurité dans son palais avec ses fées, ajoute Stella.

Roxy insiste.

— Je l'ai vue, transformée en fantôme, retenue prisonnière dans un lieu inconnu…

J'interviens.

— N'oublions pas que les rêves de Roxy sont prémonitoires. Il faut les prendre au sérieux.

— Tu as raison, Bloom, dit Sky. Alors, au palais, vite !

Les abords du palais sont complètement silencieux, ce qui n'est pas du tout normal. Et lorsque nous voulons approcher, nous sommes arrêtés par une bulle de protection magique. Impossible d'aller plus loin !

Le seul être vivant des environs est un gros lézard. Peut-il nous renseigner sur ce qui se passe ?

Roxy l'appelle :

— Petit, petit, viens ici…

Celui-ci se transforme alors en dinosaure ! Et d'autres dinosaures surgissent de partout.

Pendant que nous les combattons, je vois Roxy s'éloigner quelques instants. Quand elle revient, elle me raconte qu'elle a été attirée vers une rivière, où elle a vu le reflet de Morgana. La reine lui demandait de venir en haut du donjon pour la secourir.

— Allez délivrer la reine,

s'écrie Sky. On vous rejoindra quand on se sera débarrassés de ces bestioles.

Musa et Tecna préfèrent rester avec les garçons pour les aider. Mais Flora, Stella, Roxy et moi nous envolons vers le donjon.

Nos pouvoirs nous permettent de créer une faille dans la protection magique. Nous entrons directement par la fenêtre, dans la chambre de Morgana.

Elle est déserte…

Roxy contemple l'un des miroirs.

— J'ai une impression bizarre.

Comme si Morgana se trouvait juste de l'autre côté… et en même temps très loin d'ici… Oh non, je ne sens plus rien.

— Commençons par la chercher dans le palais.

Nous descendons par un

escalier en colimaçon. Puis nous traversons de vastes salles.

Mais nous voilà nez à nez avec une petite troupe de fées guerrières. Elles nous attaquent en proclamant que les amies de Morgana ne sont pas les bienvenues !

À cause de l'effet de surprise, elles réussissent à toucher Roxy, qui s'effondre, blessée ! Et l'une des fées qui nous menacent n'est autre que notre amie Layla !

Nous préférons nous rendre.

Chapitre 7

La fille de Morgana

Les fées guerrières nous conduisent dans la salle du trône. Je m'en doutais : le trône est maintenant occupé par Nebula, la nouvelle reine des fées de la Terre !

Layla, son alliée, vient se

placer à côté d'elle. Nebula ricane de nous voir vaincues.

— Je croyais qu'on était amies, Layla ! dit Stella.

— C'est du passé, répond celle-ci durement.

Je préfère m'adresser à Nebula :

— Qu'as-tu fait de Morgana ?

En riant, elle dévoile le grand miroir qui retient prisonnière l'ancienne reine.

— Ceux qui renoncent à la vengeance sont destinés à devenir des fantômes. Ils hantent pour toujours le miroir magique des ténèbres. Cela risque de

vous arriver bientôt, les Winx. Pendant ce temps, nous, fées guerrières, nous allons anéantir les sorciers. Puis ce sera le tour des Terriens. Et alors, la Terre nous appartiendra !

— Tu retiens une fée

prisonnière, exactement comme l'avait fait Ogron. Tu ne te conduis pas mieux que les sorciers, Nebula.

— Je n'ai pas envie d'écouter tes remarques, Bloom.

Nebula lance un ordre aux fées qui l'entourent :

— Enfermez les Winx dans le miroir !

Mais à cet instant, Musa, Tecna et les Spécialistes surgissent dans la pièce ! Le combat reprend alors contre les fées guerrières. Chacun utilise son arme préférée ou sa formule magique la plus efficace. Même

Roxy a récupéré tous ses pouvoirs.

Je profite d'un court instant de répit pour dire à Sky combien je suis contente de le retrouver.

— Comment avez-vous fait pour nous rejoindre ?

— Tecna a découvert un souterrain qui menait au palais. Il était gardé par quelques dinosaures, mais nous n'en avons fait qu'une bouchée. À l'intérieur du palais, ce sont les statues des anciennes reines des fées qui nous ont montré le chemin.

— C'est la preuve qu'elles sont de notre côté. Elles veulent nous aider à retrouver Morgana. Et à combattre Nebula.

En revanche, Layla n'hésite pas à se battre contre nous. Et nous sommes bien obligées de nous défendre. C'est terrible, de lancer des sorts contre une ancienne Winx ! J'espère qu'elle va changer d'avis. Et qu'un jour, elle sera de nouveau des nôtres...

Au signal de Nebula, les fées guerrières se regroupent pour emprunter le portail magique qui mène à Oméga.

— Ne les suis pas, Layla ! crie encore Tecna. Tu crois que tu te sentiras mieux quand tu te seras vengée ?

Sans l'écouter, notre ancienne amie disparaît à la suite de Nebula. Nous voilà seuls dans le palais, les Spécialistes et nous.

Roxy se rapproche du miroir des ténèbres qui retient Morgana.

— Il faut délivrer la reine.

— Brisons le miroir, propose Riven.

— Surtout pas ! s'écrie le reflet de Morgana. Cela déclencherait une terrible malédiction. Seule une reine des fées peut contrôler le miroir des ténèbres.

— Nous devrons donc convaincre Nebula, conclut Tecna.

— Pas du tout. Nebula a pris la tête des fées guerrières, mais elle ne sera jamais leur véritable reine. Seule ma fille peut le devenir. La princesse de Tir Nan Og.

Nous nous regardons, étonnés. C'est la première fois que Morgana fait allusion à son enfant. Où se trouve cette princesse ? Comment a-t-elle échappé aux sorciers, lorsque ceux-ci avaient réussi à capturer toutes les fées de la Terre ?

Avec émotion, Morgana ajoute :

— Toi seule peux me sauver, Roxy.

Roxy, fille de Morgana, princesse de Tir Nan Og ? Voilà qui explique l'affection que la reine lui témoigne à chaque rencontre !

Aussi émue que Morgana, Roxy pose sa main sur le miroir.

— J'ai cru que je n'avais plus de mère...

— Tu n'étais qu'un bébé quand les sorciers m'ont

capturée. Et je ne pouvais plus communiquer avec toi qu'à travers mes rêves. Mais au moins, tu étais à l'abri chez le Terrien que j'aimais, ton père, Klaus.

Dans un grand élan de tendresse, Roxy veut serrer sa mère

dans les bras… ce qui fait disparaître le miroir des ténèbres. Morgana retrouve sa liberté.

Les larmes me montent aux yeux. Ces belles retrouvailles entre Roxy et sa mère me rappellent ma propre histoire. J'ai mis tellement longtemps, moi aussi, à connaître la vérité sur mes origines !

Chapitre 8

Le vrai cœur des fées

Un peu plus tard, nous arrivons tous à Oméga, un immense labyrinthe de roches glacées. C'est là que les criminels de la dimension magique sont transformés en statues de pierre.

Au détour d'un couloir, nous

tombons sur Gantlos, complètement effrayé. Il est cerné par un groupe de fées guerrières qui s'apprêtent à l'anéantir.

Par chance pour le sorcier, Morgana intervient :

— Je vous ordonne d'arrêter ce combat.

Impressionnées par sa nouvelle autorité, les fées guerrières lui obéissent ! Et tant pis si Gantlos en profite pour s'échapper.

Plus loin, nous découvrons des fées blessées que nous soignons avec nos pouvoirs de guérison.

Nebula surgit alors à la tête d'une petite troupe. Morgana tente d'empêcher le combat.

— Fées guerrières, j'ai fait des erreurs en tant que reine. Mais je suis prête à renoncer au trône. Je suis persuadée que

ma fille sera une meilleure reine que moi.

— Ta fille ! s'exclame Nebula, surprise.

Morgana désigne Roxy.

— Fées guerrières, n'oubliez pas que ma fille et ses amies nous ont délivrées des sorciers.

Je montre la roche glacée qui nous entoure.

— Voilà à quoi ressemble le cœur de ceux qui se vengent. C'est le cœur des sorciers, mais pas le vôtre, fées de la Terre.

— Retournons au soleil et à la vie, ajoute Morgana. Toi,

Nebula, redeviens la fée de la paix que tu étais autrefois.

Convaincues, les fées guerrières laissent tomber leurs armes à leurs pieds. Seules Nebula et Layla refusent de renoncer à leur vengeance. Elles s'enfuient dans les couloirs.

Nous les retrouvons un peu plus tard, en bien mauvaise posture face aux sorciers. Pas facile, à deux, de se battre contre trois sorciers très puissants ! Heureusement que nous, les Winx, créons une bulle de protection magique devant elles.

Nous ne voulons pas abandonner notre amie, même si sa souffrance l'a aveuglée. Soudain, Layla comprend combien cette amitié compte dans sa vie. Et elle décide de se joindre à nous !

Quand Nebula se retrouve seule, elle préfère elle aussi nous aider !

Toutes ensemble, nous réussissons à figer les sorciers en statues de pierre. Le tremblement de terre qui secoue Oméga les emporte pour toujours.

— C'est fini, dis-je. Ils ne feront plus de mal à personne.

Nous retrouvons Morgana, les autres fées et les Spécialistes. Mais je remarque que Nebula reste en arrière.

— Viens avec nous !

— Oh, Bloom, je ne peux pas. Les sorciers ont fait de moi un

être dur et méchant. Moi qui étais autrefois une fée de lumière…

— Ta lumière ne s'est pas éteinte, Nebula. Fais-toi confiance et redeviens la fée de la paix.

La fée verse de nombreuses larmes, avant de me sourire.

— Merci, Bloom. Je vais aller demander pardon à Morgana.

Le soleil brille sur Tir Nan Og. Quel soulagement de se retrouver tous, Winx, Spécialistes et fées, loin de cette affreuse dimension Oméga !

Non seulement Morgana accepte de pardonner à Nebula, mais elle lui propose de diriger les fées ! Roxy lui succédera plus tard, quand elle sera prête.

Morgana nous explique qu'elle souhaite revenir vivre à Gardenia, auprès de Klaus et de Roxy.

En revanche, il faudra beaucoup de temps et d'amitié pour que Layla retrouve le sourire. Mais celle-ci décide de rester sur la Terre, où elle a été si heureuse avec Nabu.

Et nous, comment pourrions-nous abandonner nos animaux

magiques, notre magasin et notre groupe de musique ? Nos journées risquent d'être bien remplies. Mais cela ne nous empêchera pas d'accepter de nombreuses autres missions féeriques !

FIN

Les Winx ont vaincu les sorciers du Cercle Noir et découvert le secret qui liait Morgana à Roxy. Bien d'autres aventures attendent les fées !

Tu connais tous les secrets des Winx ?

Retrouve toutes les histoires de tes fées préférées dans les livres précédents…

Saison 1

1. Les pouvoirs de Bloom

2. Bienvenue à Magix

3. L'université des fées

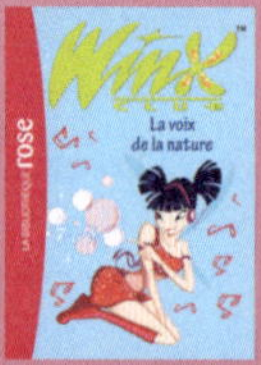

4. La voix de la nature

5. La Tour Nuage

6. Le Rallye de la Rose

Saison 2

7. Les mini-fées

8. Le mariage de Brandon

9. L'étrange Avalon

10. À la poursuite du Codex

11. Sur la planète du prince Sky

12. Que la fête continue !

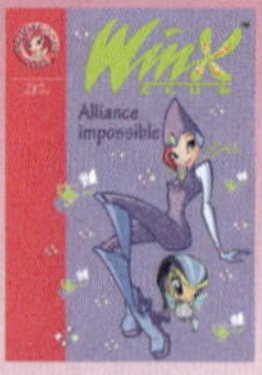

13. Alliance impossible

14. Le village des mini-fées

15. Le pouvoir du Charmix

16. Le royaume de Darkar

Saison 3

17. La marque de Valtor

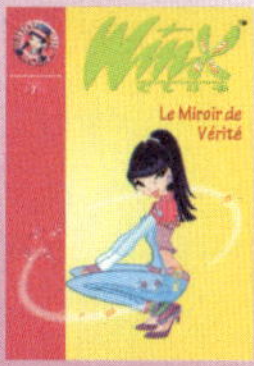

18. Le Miroir de Vérité

19. La poussière de fée

20. L'arbre enchanté

21. Le sacrifice de Tecna

22. L'île aux dragons

23. Le mystère Ophir

24. La fiancée de Sky

25. Le prince ensorcelé

26. Le destin de Layla

27. Les trois sorcières

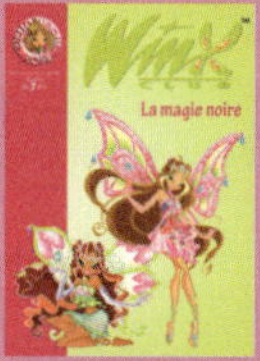

28. La magie noire

29. Le combat final

Saison 4

30. Les chasseurs de fées

31. Le secret des mini-fées

32. Les animaux magiques

33. Une fée en danger

34. Le pouvoir du Believix

35. La magie du Cercle Blanc

36. La vengeance de Nebula

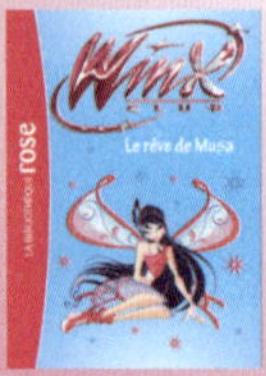

37. Le rêve de Musa

38. Les pouvoirs de Roxy

39. Une nouvelle mission

40. Le royaume des fées

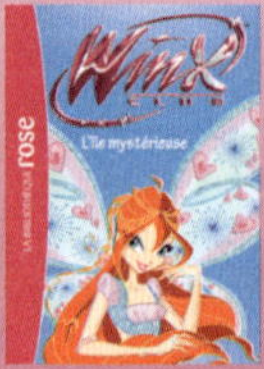

41. L'île mystérieuse

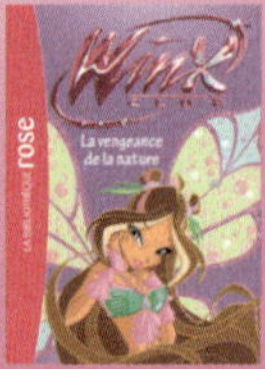

42. La vengeance de la nature

43. Le retour des sorciers

Les aventures les plus magiques des Winx dans trois compilations !

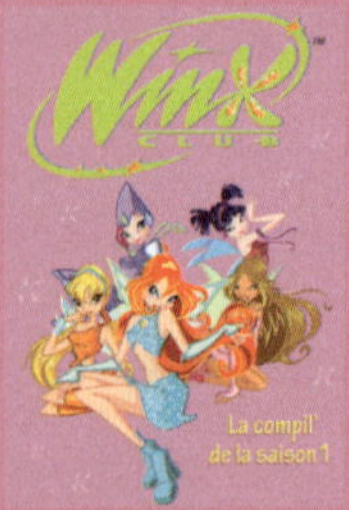

6 histoires magiques de la saison 1

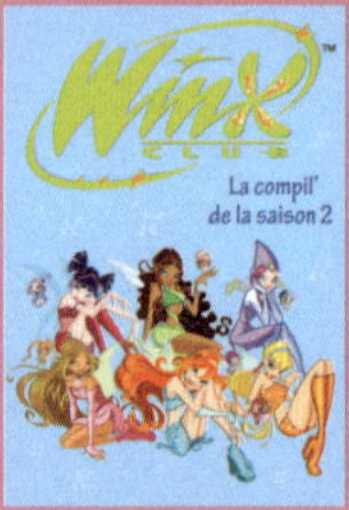

6 histoires fériques de la saison 2

6 histoires incroyables de la saison 3

Le hors-série Winx Club avec le roman du film, des jeux et des tests Le Secret du Royaume Perdu

Le roman du film Le Secret du Royaume Perdu

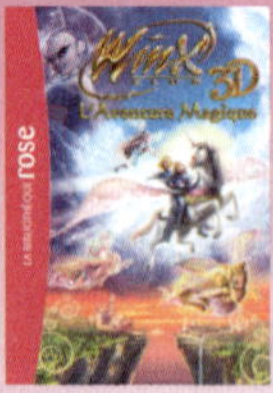

Le roman du film 2 L'Aventure Magique

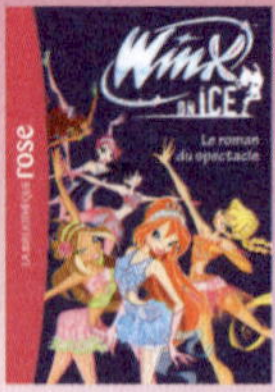

Le roman du spectacle Winx on Ice

Table

« Pour l'éditeur, le principe est d'utiliser des papiers composés de fibres naturelles, renouvelables, recyclables et fabriquées à partir de bois issus de forêts qui adoptent un système d'aménagement durable. En outre, l'éditeur attend de ses fournisseurs de papier qu'ils s'inscrivent dans une démarche de certification environnementale reconnue. »

Photocomposition **Nord Compo** – Villeneuve d'Ascq

Imprimé en Roumanie par G. Canale & C. S.A
Dépôt légal : juillet 2012
Achevé d'imprimer : juillet 2012
20.20.2574.0/01 – ISBN 978-2-01-202574-5
Loi n° 49-956 du 16 juillet 1949
sur les publications destinées à la jeunesse